KB076051

콩의 모험

이채은 지음

이곳은 평화로운 작은 숲이에요.

봄에는 꽃이 만발하고,
여름엔 파릇파릇한 잎이 돋고,
가을엔 울긋불긋한 낙엽이 멋지고,
겨울엔 하얀 나라가 되지요.

정말 멋진 숲이에요!

어느 날, 고요하던 한 풀숲의 콩 꼬투리가 터지며
콩 두 알이 떨어졌어요.

팡!

떨어진 콩은 동생 콩과 형님 콩이었어요.

그때, 꼬투리가 터지는 충격으로 인해
바로 옆의 할아버지 콩이 있던 콩 꼬투리도 터졌어요.

펑!

"으악! 떨어진다! 할애비 죽네!!!"

할아버지 콩은 옆에 있던 콩 꼬투리 때문에
잘 자고 있다가 떨어져서 화가 났어요.
할아버지 콩은 엉덩방아를 찧었지요.
쾅!
그때, 형님 콩과 동생 콩이 할아버지 콩에게 다가왔어요.

둘은 동시에 말을 시작했어요.

"할아버지! 안녕하세요? 저희는 모험을 떠날 거예요. 할아버지도 같이 떠날래요?"

할아버지 콩은 생각을 시작했어요.
'좋은 생각 같긴 한데, 위험한 거 아냐? 이 애들은 분명 위험한 짓을 할 것 같단 말이지….'

8

할아버지 콩은 결정했어요.
"싫다! 나는 위험한 거 안 하고 싶다."

그러자 형님 콩이 설득했어요.
"할아버지, 저흰 위험한 데 안 가요. 저희를 **믿으세요!**
게다가 저 건너편 숲에는 영양이 풍부한 땅이 많대요!"
"호오~ 그래? 그러면 같이 가마."

모험을 시작하려면 모험을 이끌 대장이 필요해요.
콩들은 나팔을 높이 던져
그 나팔을 받아서 부는 콩이 대장이 되어요.
"하나, 둘, 셋!"

휘이잉~

동생 콩이 나팔을 잡았어요.
하지만 동생 콩은 나팔을 불지 않았어요.
그 대신 다시 나팔을 던졌지요.

휘이잉~

동생 콩은 대장 자리가 부담스러웠거든요.

이제 형님 콩이 나팔을 받았어요.

다행히도 형님 콩은 대장을 하고 싶었어요.

형님 콩은 나팔을 잘 불었어요.

뿌우우우우! 뿌뿌뿌! 뿌루루루루~!

14

할아버지 콩도 대장을 하고 싶었기에 화가 났어요.
하지만 지금 화를 내면
분위기가 이상해질 것 같아서 참았지요.
'다음에 기회가 있을 거야.'

16

이제 모험을 떠날 준비가 다 되었어요!

그럼, 출발~!

대장 콩인 형님 콩이 앞장섰어요.

"우선 건너편 숲으로 가겠다!"

형님 콩은 뛰기 시작했어요.

18

그때, 갑자기 형님 콩의 눈앞에
거미줄이 나타났어요!
대장 콩을 따라 뛰던 다른 콩들의 눈앞에도
거미줄이 나타났어요!
너무 갑작스러운 일이라서
세 콩은 속도를 줄이지 **못했어요.**
그 순간 거미줄 옆에 살던 원숭이가
콩들을 구해 주었어요.
"고마워!"
"나는 이렇게 곤충이 아닌 생물들이 거미줄에 오면
그 생물들을 구해주는 일을 해."

형님 콩은 거미줄에 걸릴 뻔한 일 때문에
대장을 하기 싫었어요.
하지만 그건 동생 콩과 할아버지 콩도 **마찬가지였어요.**
그래서 형님 콩은 계속 대장을 하기로 했어요.
형님 콩은 뛰지 않기로 했지요.

이번엔 새가 날아왔어요!

대장 콩은 방금 스스로 한 다짐도 잊고 뛰기로 했어요.

하지만 뛰는 놈 위에 나는 놈 있다는 말처럼
새는 빠르게 거리를 좁혀왔어요.

퍼덕! 퍼덕! 퍼 덕! 퍼덕! 퍼덕!

결국 콩들은 붙잡히고 말았어요.

"엉엉엉! 우리 이제 어떻게 되는 거야?"

형님 콩이 대장답게 소리쳤어요.

"이럴 때일수록 용기를 내야 해!

서로 손을 잡자!"

콩들은 서로서로손을 잡았어요.

콩들을 입에 문 채로 새는 점점 빠르게 날아갔어요.

"우우~~ 속 안 좋 아!"
"애초에 모험을 하지 말아야 했어."

대장 콩이 희망을 주기 시작했어요.
"이따가 기회를 봐서 탈출할 수 있을 거야. 그리고 거의
다 왔어. 조금만 더 힘내!"

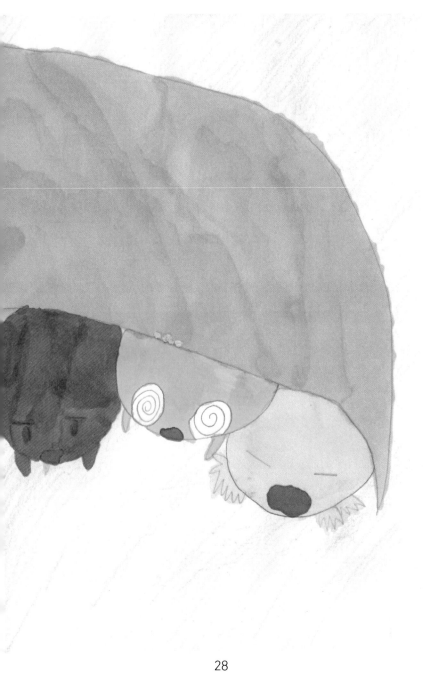

새가 둥지에 가까이 갈수록 시끄러운
아기 새 소리가 울렸어요.

짹! 짹째래짹짹! 짹짹짹!

이 새는 어미 새인 것 같았어요.
"아까 그냥 거미줄에 걸리는 게 좋았을 것 같아."
대장 콩이 다시 희망을 주었어요.
"아니야. 둥지는 탈출할 수 있지만,
거미줄은 한번 걸리면 끝이잖아."

이제 콩들과 어미 새는 둥지 바로 위에 있어요.
배고픈 새들이 입을 벌리고 시끄럽게 울었어요.

짹! 짹! 짹! 짹! 짹! 짹! 짹! 짹! 짹! 짹! 짹!

"귀가 나갈 것만 같아."
동생 콩이 불평했어요.
"아이고, 나도 그렇다."
할아버지 콩도 불평했어요.
"조금만 참아."
이번에는 형님 콩도 희망을 주지 못했어요.

어미 새가 입을 벌렸어요.
동시에 세 콩은 아기 새의 입으로 떨어졌지요.

모두들 너무 무서워서 비명도 지르지 못했어요.

다행히도, 세 콩은 서로 손을 잡고 떨어져서 같은 새의
입속으로 떨어졌지요.
"먹히기 싫어! 난 아직 일곱 살밖에 안 되었다고!"
"나는 열한 살밖에 안 됐어!"
"아이고, 난 천년만년 살고 싶었는데 이게 뭐람! 80살에
끝나다니!"
꿀꺽! 아기새가 세 콩을 삼켰어요.

세 콩은 식도로 들어왔어요.

아주 깜깜했지요.

"축축한 게 기분나빠."

동생 콩이 기분나빠했어요.

"아이고, 여기는 왜 이렇게 넓어졌다 좁아졌다 하냐?"

할아버지 콩이 말한 것은 식도의 연동운동이었어요.

식도는 음식을 아래로 보내기 위해 넓어졌다 좁아졌다 하는데 그걸 연동운동이라고 해요.

38

식도를 지나서 위에 도착했어요.

"여기는 그냥 하나의 방인가봐."

"조심해라. 아마도 곧 위액이 나오기 시작할거야."

할아버지 콩의 말이 끝나자마자 위에 벽에서 위액이 흐르기 시작했어요.

"앗 뜨거. 이거 왜 이렇게 뜨거워요?"

"위액이 닿으면 몸이 녹는단다! 여기로! 그 다음, 저기로! 빨리 와라!"

할아버지 콩의 말대로 해서 콩들은 위액에 녹지 않고 다음 방으로 넘어갈 수 있었어요.

"근데 할아버지는 위액이 나올 것을 어떻게 알았어요?"

"내 나이쯤 되면 이런 건 다 알 수 있어!"

다음 방은 간이예요.

"식도처럼 축축해."

"위에서도 축축했단다."

"그러고보니 우리 아직도 살아있어!"

형님 콩의 말에 모두 기운을 차렸어요.

"형. 그런데 우리 몸이 불어나고 있는 것 같아."

"진짜? 빨리 가자!"

간을 지나자 창자가 나왔어요.

"와, 길~~~다!"

형님콩이 소리쳤어요. 그 말은 메아리가 되어 되돌아왔지요.

"우리 달리기시합 할래?"

형님콩의 제안에 모두 찬성했어요.

"오랜만에 내 다리 좀 써보자."

할아버지콩이 말했어요

"준비~~시-작!"

놀랍게도 할아버지콩이 1등을 했어요.

2등은 형콩, 3등은 동생콩이었어요.

"칫, 한 판 더 해!"

"그럴 시간이 없어. 우리 몸이 지금 왕구슬만해지고 있어!"

세 콩은 앞으로 나아가기로 했어요.

이제 곧 똥으로 나올 거예요.

"안돼! 우린 똥이 될 건가봐! 싫어!"

동생콩은 소리질렀어요.

하지만 세 콩은 계속해서 아래로 떨어졌어요.

벽이 미끄러워서 잡을 수도 없었지요.

"살아남았다는 게 중요한거야."

형 콩의 말도 소용없었어요.

할아버지콩과 동생콩은 똥이 되고 싶지 않다고 소리지르고 있었어요.

세 콩은 똥과 뒤섞였어요.

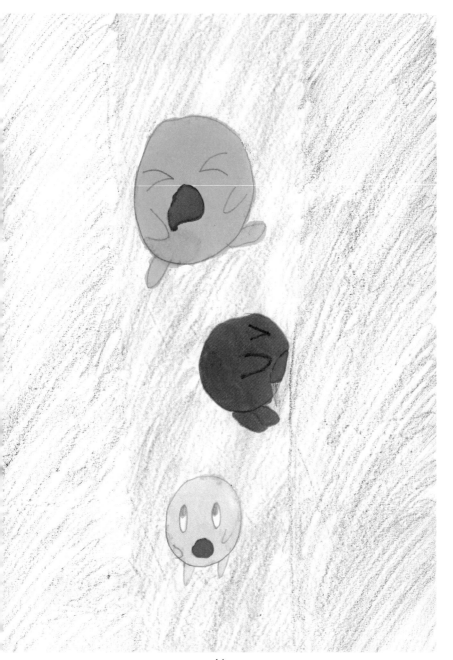

드디어 새의 몸 밖으로 나왔어요.

콩들은 너무 기뻐서 서로 얼싸안고 춤췄지요.

"드디어 나왔다!"

형님 콩이 말했어요.

"아이고, 정말 힘들었다. 냄새도 심하네."

할아버지 콩도 말했지요.

"이제 어떡하지? 어디로 가지?"

동생 콩이 울먹이기 시작했어요.

모두 어디를 통해왔는지 잊고 있었거든요.

48

"우선 주위를 둘러보자."

형님 콩이 말했어요.

"잠깐, 여기는!"

형님콩은 깜짝 놀랐어요.

이 곳이 바로 세 콩이 찾던 기름진 건너편 숲이었거든요!

"아이고, 잘됐다! 우리 여기서 뿌리내리고 살자!"

할아버지콩의 말에 모두가 동의했어요.

그래서 모두 흙에 발을 뻗었답니다.

콩의 모험

발 행 | 2023년 07월 10일
저 자 | 이채은
펴낸이 | 한건희
펴낸곳 | 주식회사 부크크
출판사등록 | 2014.07.15.(제2014-16호)
주 소 | 서울시 금천구 가산디지털1로 119, SK트윈타워 A동 305호
전 화 | 1670-8316
이메일 | info@bookk.co.kr

ISBN | 979-11-410-3518-1